DE

L'ENSEIGNEMENT DE L'HÉBREU

DANS L'UNIVERSITÉ DE PARIS

AU QUINZIÈME SIÈCLE

PAR

Charles JOURDAIN

Chef de division au ministère de l'instruction publique et des cultes.

PARIS

A. DURAND, LIBRAIRE

Rue des Grès, 7.

1863

DE

L'ENSEIGNEMENT DE L'HÉBREU

DANS L'UNIVERSITÉ DE PARIS

AU QUINZIÈME SIÈCLE,

PAR

Charles JOURDAIN,

Chef de division au ministère de l'instruction publique et des cultes.

PARIS
A. DURAND, LIBRAIRE,
Rue des Grés, 7.

1863

DE

L'ENSEIGNEMENT DE L'HÉBREU

DANS L'UNIVERSITÉ DE PARIS

AU QUINZIÈME SIÈCLE.

A quelle époque l'enseignement des langues orientales, et de l'hébreu en particulier, a-t-il été institué dans l'école de Paris? En admettant que son institution soit antérieure à la renaissance des lettres antiques, cet enseignement a-t-il existé d'une manière constante, ou plutôt n'a-t-il pas subi des interruptions, et son histoire ne présente-t-elle pas des lacunes considérables? Enfin quelle était la condition des maîtres chargés de le distribuer? La question n'est pas sans importance et vaut la peine qu'on l'examine.

Un professeur du Collége de France, qui occupa successivement la chaire d'éloquence latine et celle de philosophie, toutes deux instituées par François Ier, Pierre Galland, dans le panégyrique qu'il prononça en l'honneur de ce prince, lui attribue l'honneur d'avoir le premier introduit parmi nous l'enseignement des langues orienta-

les. « Avant ce grand roi, s'écrie-t-il, qui donc en France, avait jamais songé à la langue hébraïque (1) ? »

Cette exclamation, arrachée à l'orateur par son enthousiasme pour
le monarque dont il avait reçu les bienfaits, exprime, sans aucun
doute, le sentiment général des contemporains de François Iᵉʳ ; mais
elle n'est pas conforme entièrement à la vérité historique.

L'utilité que la connaissance des idiomes de l'Orient présente, ne
fût-ce que sous le rapport religieux, avait frappé, dès le treizième
siècle, l'esprit des souverains pontifes, et au commencement du
siècle suivant, le concile de Vienne, interprète de leur pensée, et
répondant peut-être à un vœu exprimé par Raymond Lulle, ordonnait, de la manière la plus formelle, que des chaires d'arabe,
de grec et d'hébreu fussent établies à Paris, à Oxford, à Salamanque
et à Bologne. Que la création de ces chaires ne soit pas restée
à l'état de simple projet, qu'elles aient existé effectivement à Paris,
on ne saurait contester ce fait, en présence des documents par-
venus jusqu'à nous qui en démontrent l'authenticité. Nous avons
nous-même recueilli quelques-uns de ces documents ; nous nous
sommes efforcé ailleurs de les mettre en lumière ; aussi jugeons-
nous superflu de les produire de nouveau, et d'insister sur des résultats qui paraissent acquis.

Toutefois, ce qu'il faut en même temps reconnaître, c'est que
la nouvelle institution s'établit avec peine, c'est qu'elle prit peu de
développements, et qu'elle ne produisit pas des fruits féconds ni
même durables. Elle avait si peu de racines dans les écoles; elle
excitait dans les rangs d'une partie du clergé, quoique décrétée par
un concile, de telles appréhensions; enfin elle était si mal dotée, à
l'époque où elle prit naissance, qu'elle put à peine subsister l'espace
d'un siècle ; après quoi elle disparut, non sans laisser après elle,
chez quelques amis des lettres, un sentiment de regret, dont on
retrouve la trace dans les actes du temps.

Nous avons sous les yeux un document inédit qui prouve la con-
tinuité de l'enseignement de l'hébreu à Paris jusque dans les vingt

(1) Passage cité par l'abbé Goujet, *Mém. hist. et litt. sur le collége royal de
France*, t. I, p. 28.

premières années du quinzième siècle, et qui atteste en même temps la situation précaire des maîtres par qui cet enseignement était donné : nous voulons parler d'une lettre que l'Université adressait aux habitants de Besançon, en mars 1421, pour leur recommander l'un de ces malheureux maîtres. Ce document a été retrouvé, depuis peu, dans les archives de la ville de Besançon, par M. Auguste Castan, l'un des correspondants du ministère de l'instruction publique pour les travaux historiques. En le rapprochant de quelques autres pièces, en partie inédites, peut-être nous sera-t-il possible de jeter un peu de jour sur ce point très-obscur de l'histoire littéraire du quinzième siècle.

Un des traits qui caractérisent les nombreuses corporations que le moyen âge avait vues s'élever et que le mouvement de la civilisation moderne a détruites; une des causes du prestige qui les entourait et de l'influence qu'elles ont exercée, ce ne sont pas seulement les priviléges importants qui leur avaient été accordés par l'autorité civile ou par le pouvoir ecclésiastique, c'est aussi la protection vigilante qu'elles étendaient autour d'elles; c'est l'empressement qu'elles mettaient à venir en aide à leurs membres aussi souvent que l'occasion s'en présentait. L'Université de Paris s'est fait remarquer entre toutes les autres par l'activité vraiment paternelle qu'elle déployait en faveur de ses écoliers, et de tous ceux en général qui s'honoraient d'être appelés ses suppôts. Pour que la sollicitude du recteur fût éveillée, pour qu'il mît en mouvement la Compagnie tout entière, il n'était pas nécessaire que l'honneur et les intérêts de celle-ci fussent directement engagés; plus d'une fois, ce fut assez de la prière d'un simple gradué qui réclamait protection et appui. Les archives du Ministère de l'instruction publique renferment un certain nombre de lettres qui furent écrites dans le courant du quatorzième et du quinzième siècle par l'Université de Paris à des prélats français ou même étrangers, et à d'autres grands personnages, collateurs de bénéfices ecclésiastiques, pour leur recommander des candidats qui avaient figuré sur ses bancs. Ainsi, en 1337, l'Université recommande au chapitre métropolitain de l'église de Reims, pour l'office de marguillier, l'un de ses bedeaux, Henri Le Vasseur, qui l'avait elle-même fidèlement servie durant trente ans.

En 1350, elle prend avec énergie la défense de Pierre Berceure, l'un de ses écoliers, qui se trouvait alors détenu dans les prisons de l'évêque de Paris (1).

Le document qui a été retrouvé par M. Castan se rattache à l'ordre de faits que nous venons d'indiquer. L'Université de Paris fait appel à la bienveillance des gouverneurs, bourgeois et habitants de la bonne ville de Besançon, en faveur de « maistre Paul de Bonnefoy, maistre en Ebrieu et en Caldée. » Elle expose que maistre Paul a composé un livre en hébreu sur la foi catholique ; que son intention serait de le faire traduire en latin ; qu'à cet effet il se rend en pays étranger ; qu'il est dépourvu de ressources, et qu'à tous ces titres il mérite d'obtenir aide et secours ; car « de présent, il est, au pays de France, le seul docteur en Ebrieu et Caldée. » Voici du reste le texte même de cette curieuse missive :

« Très-chers et bons amis, pour la littérature et autres bonnes vertus que congnoissons estre en la personne de maistre Paul de Bonne Foy, maistre en Ebrieu et en Caldée, de nostre povoir, nous sommes perforcez de lui administrer ses vie et estat jusques à cy ; et cependant a labouré et composé en Ebrieu certain notable livre sur nostre foy, lequel a intencion de faire translater en langue latine par un maistre de par delà, où il a son plaisir, et, pour ce faire, soy y transporter. Et mesmement, pour la très grant charté de vivres qui de présent est par deçà, pour laquelle sa provision ne peut bonnement fournir son vivre, si vous prions et requerons très acertes, que pour amour de Dieu et en faveur de la foy chrestienne, à laquelle ledit maistre Paul, à la confusion des Juifz, ennemis de Dieu et de ladite foy, s'est converti, et en contemplacion de nous, il vous plaise ledit maistre Paul, venu par devers vous, avoir pour espécialement recommandé, et lui aidier et secourir en ses afaires par delà, principalement à l'estat de sa vie, afin que un si notable clerc qui de présent, ou pais de France, est seul docteur en Ebrieu et Caldée, au grant reproche de tous chrestiens et au deshonneur de nostredite foy, ne soit contraint de retourner au premier et dampnable estat de ténèbres, duquel Dieu l'a appelé à lumière, ou mendier honteusement, pour avoir entre nous chrestiens sa poure vie, et qu'il puisse son euvre achever; car il pourra sortir d'icelle bien grant fruit. Et, en ce faisant, vous ferez euvre de charité, agréable à Nostre Seigneur, et à nous très grant et singulier plaisir. Et s'aucune chose vous plaist que puissions, nous la ferons bien volontiers et de bon cuer, prians Nostre Seigneur qu'il vous ait en sa garde. Escript à Paris, le viij^e jour de mars (1). »

L'Université de Paris se servait en général de la langue latine pour traiter les affaires qui la concernaient, à quelque titre que ce fût. C'est dans cette langue que la plupart des actes émanés d'elle, ses délibérations, ses statuts, sa correspondance, non-seulement avec les souverains pontifes, mais avec les princes, les instructions qu'elle donnait à ses légats, étaient rédigés et publiés. Cependant de nombreux exemples prouvent que, dès le quatorzième siècle, et à plus forte raison au quinzième, elle commençait à employer la langue vulgaire. Ainsi, la requête qu'elle adressa, en 1380, à Charles VI, pour se plaindre des vexations du prévôt de Paris, Hugues Aubriot, est en français (2). C'est en français également qu'est écrite une lettre du mois de janvier 1417, adressée aux habitants de Reims, et communiquée par M. Louis Paris au *Journal général de l'instruction publique* (3). Il n'est donc pas étonnant que, quelques années après, le recteur, ayant à faire parvenir une recommandation aux habitants de Besançon, ait préféré cette fois encore le français au latin. Le document retrouvé par M. Castan conserve d'ailleurs l'empreinte en cire rouge du grand sceau de l'Université, décrit par Du Boulay dans son livre *De patronis IV Nationum* (4) : ce qui ne permet aucun doute sur l'authenticité de la pièce dont il s'agit.

Deux faits paraissent clairement établis, dans la lettre aux échevins de Besançon, par le propre témoignage de l'Université; le

---

(1) Sur le verso de la feuille de parchemin on lit la note suivante : « Ces présentes furent receues en la maison de la ville, le lundi iie jour de juing mil iiiie et xxi. »

(2) *Index chronologicus chartarum*, etc., p. 176 et suiv.

(3) Année 1855, n° 100.

(4) Parisiis, 1662, in-8°, p. 10 et suiv.

premier, c'est que, jusque dans les premières années du quinzième siècle, elle n'avait pas cessé de compter dans ses rangs quelques maîtres, en général des juifs convertis, qui savaient l'hébreu et qui se chargeaient de l'enseigner; le second, c'est que le nombre de ces maîtres avait successivement diminué, et qu'au mois de mars 1424 on n'en connaissait plus qu'un seul à Paris : misérable condition d'un enseignement capital, et pour lequel le concile de Vienne semblait avoir rêvé, dans l'intérêt même de l'orthodoxie catholique, des destinées plus brillantes.

Il serait intéressant de savoir quel était ce maître Paul de Bonnefoy, qui avait su inspirer aux témoins journaliers de ses travaux un intérêt assez vif pour que la Faculté des arts se décidât à lui accorder des lettres de recommandation. Il figurait sans aucun doute au nombre des maîtres, fameux alors, que possédait l'école de Paris, et qui réunissaient autour de ses chaires des étudiants de toute nation avant que les calamités de la guerre en eussent rendu quelques-unes presque désertes. Cependant nous avons cherché inutilement ce nom, soit dans la *Bibliotheca mediæ et infimæ latinitatis* de Fabricius, et la *Gallia orientalis* de Colomès (1), soit dans les recueils spécialement consacrés à la littérature rabbinique, tels que la *Bibliothèque* de Christian Wolf et le *Dictionnaire des auteurs hébreux* de Rossi. On vit bien à Paris, dans les premières années du quinzième siècle, un israélite espagnol, lequel, ayant été converti au christianisme par la lecture de saint Thomas d'Aquin, prit le nom de Paul de Sainte-Marie, fit ses études théologiques, reçut même le bonnet doctoral, parvint aux premiers honneurs de l'Eglise, et mourut évêque de Burgos en 1435. On possède de lui, entre autres écrits, des additions aux *Commentaires* de Nicolas de Lire sur l'Ecriture sainte (2); mais il ne peut évidemment être confondu avec Paul de Bonnefoy, qui n'a de commun avec lui que d'avoir porté le même nom, d'avoir vécu à la même époque et d'avoir possédé la langue hébraïque.

(1) *Gallia orientalis sive Gallorum qui linguam Hebræam vel alias Orientales excoluerunt vitæ. Labore et studio Pauli Colomesii, Ruppelensis.* Hagæ Comitis, 1665, in-4°. Nous avons consulté tout aussi vainement un autre ouvrage du même auteur *Italia et Hispania Orientalis.* Hamburgi, 1730, in 4°.

(2) Wolf, *Bibl. Heb.*, t. I, p. 963.

Nous désespérions de parvenir à nous procurer aucun renseignement sur ce personnage ignoré, qui paraît avoir échappé jusqu'ici à tous les biographes, lorsqu'en compulsant les archives de l'Université de Paris, nous avons découvert un document inédit qui mentionne son nom avec certains détails précieux à recueillir.

Le traité de Troyes venait d'être signé depuis quelques mois. Après s'être montré aux Parisiens, Henri V s'était mis en route sur la fin de l'année 1420, pour retourner en Angleterre, en passant par Rouen. Lorsqu'il était encore dans la capitale de la Normandie, l'Université de Paris, qui l'avait déjà sollicité plus d'une fois, sans obtenir tout ce qu'elle désirait, lui envoya une nouvelle députation composée de Jean Basset, maître ès arts et licencié en droit canon ; Jean de la Fontaine, maître ès arts et bachelier en droit canon ; Guillaume Guignon, maître ès arts, bachelier en droit canon et licencié en droit civil ; Pierre Amiot, maître ès arts et bachelier en droit canon. Les députés étaient porteurs d'instructions (1) qui indiquaient tous les points sur lesquels ils devaient appeler l'attention bienveillante du puissant roi d'Angleterre, devenu par le cours des vicissitudes humaines régent du royaume de France. Ces instructions n'ont jamais été publiées ; cependant elles ne sont pas sans intérêt pour l'histoire politique et littéraire du quinzième siècle. Parmi les points qu'elles touchent, n'est-il pas remarquable de voir figurer l'enseignement de la langue hébraïque ? L'Université se plaint que cet enseignement, qui devrait, d'après les anciennes ordonnances, compter à Paris

---

(1) Une copie très-ancienne, et peut-être même la minute originale de ces instructions, est conservée dans le premier carton des archives de l'ancienne Université de Paris, aujourd'hui déposées au Ministère de l'instruction publique. En voici les premières lignes : « Secuntur instructiones quas magister Johannes Bassetus, magister in artibus et licentiatus in decretis ac promotor Universitatis Parisiensis ; Johannes de Fonte, magister in artibus et bachalarius in decretis, ordinati ad exequendum contenta in primo articulo ; et Guillelmus Guignon, magister in artibus, licenciatus in legibus et bachalarius in decretis ; Petrus Amioti, magister in artibus et licenciatus in jure canonico, ambassiatores ejusdem Universitatis, ad serenissimum ac victoriosissimum principem, dominum regem Anglie, heredem et regentem regni Francie, destinati, observare habebunt.... » Nous nous proposons de publier le texte intégral de ce document dans la prochaine livraison de notre *Index chronologicus*.

plusieurs chaires, soit tellement dégénéré, en raison du malheur des temps, qu'il n'est plus donné, au moment où elle écrit, que par un seul professeur. Elle ajoute qu'elle avait sollicité sur cette matière importante un règlement général, mais qu'elle avait seulement obtenu d'Henri V la promesse d'une allocation de cent francs, destinée à l'unique hébraïsant qu'elle eût conservé; sur ce chiffre, celui-ci n'avait reçu que cinquante francs. Elle demande en conséquence que le prince veuille bien compléter sa libéralité, et que des mesures soient prises pour en assurer les effets d'une manière durable. Nous ajouterons que l'Université donne le nom de ce maître, assez peu favorisé de la fortune, sur lequel repose désormais dans Paris l'enseignement de l'hébreu: c'est maître Paul de Bonnefoy, le même assurément qui fait l'objet du document transmis par M. Castan. Voici le texte même du passage inédit et inconnu jusqu'à ce jour que nous venons d'analyser :

« Item, quum ex antiqua ordinacione debeant esse in Universitate doctores plures sancti [sermonis], et de præsenti solum sit unus doctor hebreus qui propter iniquitatem temporis vix potest victum et vestitum honeste continuare, explicetur domino regenti, quod super his ponatur universalis provisio; et quum pro speciali provisione Serenitas domini regentis ordinaverit et disposuerit in Corbolio, quod dicto doctori et magistro, Paulo de Bona Fide, expediantur centum franci, et super his non receperit nisi quinquaginta francos, dignetur Sua Serenitas jubere ut residuum dicto doctori expediatur, atque sibi solide provideatur in futurum. »

Le passage qu'on vient de lire confirme les renseignements qui nous étaient fournis par la lettre de l'Université de Paris aux échevins de Besançon; il montre aussi la juste importance que l'Université ne cessait pas d'attacher à l'enseignement de l'hébreu, ou, suivant ses propres expressions, de la langue sacrée, *sacri sermonis*; la vive douleur qu'elle éprouvait de voir cet enseignement si déchu; enfin ses efforts persévérants pour le ranimer et le relever.

Tout porte à croire que le roi d'Angleterre ne se laissa pas toucher par les doléances de la députation qui lui était envoyée; que les cinquante francs qui restaient dus au maître d'hébreu, en vertu de la promesse royale, ne furent pas payés à ce dernier, et qu'enfin aucune mesure ne fut ordonnée en faveur de cet ordre d'études. Ce fut alors, autant qu'on peut le conjecturer, que maître Paul, ne sachant que devenir à Paris, conçut le dessein d'aller chercher fortune en pays étranger, peut-être sur ce sol favorisé de l'Italie qui voyait déjà poindre l'aurore d'une nouvelle renaissance des lettres antiques. Au moment où il songeait à se séparer de l'Université, dans les premiers mois de 1421, celle-ci lui accorda ce qu'elle refusait bien rarement à ses maîtres, je veux dire des lettres de recommandation. Durant cette lamentable période d'anarchie politique et religieuse, l'école de Paris venait de conquérir dans les affaires de l'Etat et dans celles de l'Eglise une telle influence, que le témoignage de sa protection n'était pas pour ceux qui l'avaient obtenue une formule sans efficacité. Toutefois il nous paraît douteux que maître Paul ait tiré parti des lettres qui lui furent délivrées ; car, en 1423, nous le retrouvons à Paris, et il donne quittance au bedeau de la Faculté de théologie, Jean Vacheret, d'une somme de seize sous parisis, qui venait de lui être comptée à la décharge de la Faculté. Cette quittance, au témoignage de Richer (1), qui l'avait retrouvée dans un ancien livre de comptes, portait la signature du créancier, écrite à la fois en lettres hébraïques et en lettres vulgaires. A partir de ce moment, nous perdons entièrement la trace de maître Paul, à moins qu'il ne soit le même qu'un certain Paul de Slavonie, qui eut, de 1430 à 1440, d'opiniâtres démêlés avec la Nation d'Allemagne. Mais l'identité des deux personnages n'est nullement établie ; et, fût-elle

(1) On sait qu'Edmond Richer avait réuni les matériaux d'une histoire de l'Université de Paris, qui n'a pas vu le jour, mais dont le manuscrit se conserve à la Bibliothèque impériale, Cod. lat , 9943 et suiv. Au tome III de cette histoire, fol. 117 v°, se lit le passage suivant qui mérite assurément d'être recueilli : « Anno 1423, in libro computorum memorati Johannis Vacheret, legitur acceptilatio Pauli de Bonnefoy, magistri et lectoris linguæ Hebraicæ et Caldaicæ in Universitate Parisiensi ; qua acceptilatione fatetur se sexdecim solidos Parisienses accepisse a prædicto Joanne Vacheret, nomine Facultatis ; in cujus rei testimonium nomen suum scribit literis christianorum et hebraicis : literas autem christianorum appellat nostras communes, literas quibus scribimus. » Richer ajoute : « Hinc autem conjicio illis temporibus aliquos judæos christianos venisse Lutetiam, ut literas orientales docerent, et Academiam Parisiensem aliquid stipendii illis annuatim dependisse. »

avérée, la querelle dont nous avons saisi la trace dans les registres de l'Université avait pour motif certaines infractions à la discipline scolaire, et ne concernait en rien l'enseignement des langues.

Malgré l'abandon dans lequel les études orientales étaient laissées par les princes rivaux qui se disputaient la France, il est constant que ces études ne furent pas complétement oubliées; car on vit dans les années suivantes s'élever quelques maîtres qui se montraient disposés à donner des leçons régulières de grec et d'hébreu, pourvu qu'on leur assurât des émoluments convenables. En 1430, certains d'entre eux en firent la proposition formelle à la Faculté des arts; la Nation de France, comme nous l'apprenons par le témoignage de son procureur, Cordier de la Rivière, les accueillit avec faveur; elle avait même exprimé l'avis que des bénéfices d'un revenu suffisant fussent affectés à la rémunération de ceux qui enseigneraient dans l'école de Paris les idiomes de l'Orient (1).

Quel résultat cette délibération produisit-elle ? Nous n'avons que trop de raisons de supposer qu'elle resta provisoirement stérile. Cependant l'Eglise n'avait pas renoncé à l'espérance de convertir les juifs et les infidèles, et beaucoup de membres du clergé estimaient qu'un des plus sûrs moyens d'opérer cette conversion si désirée, c'était l'enseignement et la prédication. En conséquence ils persistaient à demander qu'on avisât aux moyens de former des docteurs sachant parler la langue de ces peuples qu'il s'agissait de ramener dans le giron du catholicisme. Le concile de Bâle se rendit à ces vœux. Dans sa dix-neuvième session, qui se tint au mois de septembre 1434, il invita les évêques à envoyer dans les localités de leurs diocèses habitées par les juifs des missionnaires éprouvés y

---

(1) Voici en quels termes Du Boulay rend compte de ces faits, *Hist. Univ.*, t. V, p. 393 : «Eodem quoque anno (1430), professores quidam Græci, Hebræi et Chaldæi postularunt ab Universitate stipendium aliquod sufficiens ut possent illas disciplinas profiteri; quorum supplicationi annuit Natio Gallicana, ita scribente suo procuratore M. Ægidio Cordier de Riparia. «Quantum ad primum punc- « tum, etc., signanter voluit, illud addi, ut scilicet provideretur aliquibus doctori- « bus Græcis, Hebræis et Chaldæis de beneficio sufficienti, ut possent per eosdem « in Universitate Parisiensi illa idiomata patefieri. » Crevier, selon sa coutume, répète, en l'abrégeant, le récit de Du Boulay, *Hist. de l'Univ.*, t. IV, p. 46.

porter la parole de Dieu; il renouvela en outre la constitution du concile de Vienne, portant qu'il y aurait dans les Universités deux maîtres chargés d'enseigner les langue hébraïque, arabe, grecque et chaldéenne. On décida même que chaque recteur, à son entrée en charge, ferait le serment de tenir la main à l'observation de l'ordonnance du concile (1).

Il n'est pas à notre connaissance que cette dernière disposition ait été jamais exécutée. Du Boulay nous a conservé (2) la formule du serment que le recteur nouvellement élu à Paris était tenu de prêter : elle mentionne seulement, en termes généraux, la promesse d'exercer les fonctions rectorales dans l'intérêt et à l'honneur de l'Université. Cette formule est, à la vérité, très-ancienne ; elle remonte au treizième siècle; mais il n'est pas douteux qu'on ne retrouvât la trace des additions qu'elle aurait subies, si les décrets du concile de Bâle avaient reçu leur entier accomplissement.

Et cependant, comment l'école de Paris, si favorable d'ailleurs au concile de Bâle, n'aurait-elle pas accueilli avec satisfaction un décret qu'elle semblait avoir elle-même inspiré par ses vœux réitérés en faveur des études orientales? Elle paraît du moins avoir fait ce qu'elle avait le pouvoir de faire pour la restauration de ces études. Non-seulement elle vit se relever une chaire d'hébreu, mais elle consentit durant quelques années à l'entretenir à ses frais. Un texte curieux, cité par Du Boulay, nous apprend que le maître chargé de l'enseignement de la langue hébraïque réclama en mai 1455 les honoraires annuels qui lui étaient promis; sa demande fut accueillie par la Faculté des arts; chaque Nation se cotisa pour le paiement ; la Nation de France en particulier y con-

---

(1) *Sacrosancta concilia*, etc., studio Ph. Labbei, Lutetiæ Parisiorum, 1672, in-folio, t. XII, p. 547 :« Ut autem hæc prædicatio eo sit fructuosior, quo prædicantes linguarum habuerint peritiam, omnibus modis servari præcipimus constitutionem editam in concilio Viennensi, de duobus docere debentibus in studiis ibidem expressis linguas Hebraicam, Arabicam, Græcam et Chaldæam : quæ ut efficacius observetur, rectores istorum studiorum, inter alia quæ in assumptione rectoratus jurant, hoc etiam addi volumus, operam se pro ipsius constitutionis observatione daturos. »

(2) *Hist. Univ.*, t. III, p. 573.

tribua pour la somme de huit écus (1). Il est probable que les autres compagnies se montrèrent un peu moins généreuses ; car dans un ancien registre de comptes de la Faculté de théologie que possède la Bibliothèque impériale, la dépense figure seulement pour quarante-huit sous parisis, qui furent payés au maître d'hébreu, le 8 mai 1455, par le bedeau de la Faculté, en vertu de la délibération de celle-ci (2).

C'est là le dernier indice que nous ayons découvert de l'existence d'une chaire d'hébreu à Paris avant la renaissance des lettres. A mesure que le moyen âge approche de sa fin, la vie tend à se retirer des anciennes écoles; leur activité s'épuise en de misérables débats, et, au lieu d'avancer comme la société elle-même, elles laissent échapper une partie du terrain qu'elles avaient conquis autrefois sur l'ignorance et la barbarie. L'enseignement officiel des langues orientales dans l'école de Paris subit à la fin du quinzième siècle une manifeste interruption ; il ne doit reparaître, en quelque sorte avec le prestige de la nouveauté, que sous le règne de François Ier, après la fondation du Collége royal. Mais à ce moment l'Eglise voyait lui échapper l'empire, presque toujours victorieux, qu'elle avait exercé jusque-là sur les âmes. De jour en jour, les prédications des luthériens sapaient l'autorité de la tradition, et disposaient les esprits à ne consulter, dans l'interprétation des saintes Écritures, que la lumière intérieure de la raison. Comment les appréhensions que l'enseignement public de l'idiome sacré avait excitées dès l'origine ne se seraient-elles pas réveillées plus vives que jamais ? Lorsque le concile de Vienne ordonnait que des chaires de grec,

(1) Du Boulay, *Hist. Univ.*, t. V, p. 599 : « In iisdem comitiis (6 maii 1455), supplicavit vir quidam religiosus pro stipendio annuo, pollicitus se scholam litterarum Hebraicarum habiturum. Cujus supplicationi annuit Universitas; et in rationibus Nationis Gallicanæ video octo scuta data illi religioso fuisse legenti litteras Hebraicas pro suo salario, pro quota Nationis, ex ejusdem conclusione. » Cf. Crevier, *Hist. de l'Univ.*, t. IV, p. 223; *Hist. litt. de la France*, t. XXIV, p. 387.

(2) *Bibl. imp.*, Cod. lat. 5657 C. fol. 24 : « Item, tradidit (Laurencius Pontrelli, bidellus Facultatis theologiæ) magistro legenti hebraicum, ex deliberatione Facultatis, xe die maii, xlviii solidos. »

d'arabe et d'hébreu fussent établies dans les principales Universités de l'Europe, il avait pour objet de pourvoir à un grand intérêt religieux ; et cependant le prestige qui s'attachait à ses décisions n'avait pas suffi pour calmer tous les scrupules du clergé. Telle était d'ailleurs, pour ce qui touche à l'orthodoxie, l'inquiète vigilance de l'Université de Paris, qu'en 1472, le cardinal Bessarion, légat du saint-siége, ayant offert la traduction d'un dialogue de Platon à la compagnie, celle-ci ne permit pas que l'ouvrage circulât dans les écoles avant d'avoir été soumis à l'examen de chaque Faculté (1). Après Luther, ce sentiment de défiance invétérée s'accrut naturellement, par l'expérience des périls que les novateurs faisaient courir à la discipline et au dogme. Aussi l'école de Paris, moins encore peut-être par attachement pour ses priviléges que par excès de zèle pour la religion, se montra-t-elle en général très-contraire aux nouveaux enseignements institués par François Ier. Tandis que l'Europe savante retentissait des louanges du prince protecteur des lettres et fondateur du Collége de France, la Faculté de théologie citait devant le parlement de Paris Agathe Guidacerio, François Vatable, Paul Paradis et Pierre Danés, coupables d'enseigner le grec et l'hébreu, et par conséquent d'interpréter les textes sacrés, par délégation et aux frais du roi, sans avoir été approuvés par la Faculté (2).

Cette attitude de l'Université de Paris contre une institution excellente, que le temps devait consacrer, nuisit à sa propre gloire. Elle a fait oublier aux contemporains et à la postérité que les devanciers de ces inexorables censeurs du Collége de France avaient eux-mêmes encouragé les études orientales, et prélude aux mémorables créations du siècle de Léon X et de François Ier par quelques tentatives qui ne sauraient être passées entièrement sous silence, quoiqu'elles n'aient donné que des résultats médiocres et éphémères. En compulsant de vieux monuments, nous avons recueilli les vestiges épars de ces tentatives pour ainsi dire avortées. Les faits que nous venons d'exposer nous paraissent décisifs ; ils démontrent que,

(1) Du Boulay, *Hist. Univ.*, t. V, p. 697.

(2) Du Boulay, *Hist. Univ.*, t. VI, p. 239 et suiv., Félibien, *Hist. de Paris*.

jusqu'au milieu du quinzième siècle tout au moins, le moyen âge n'était pas demeuré absolument étranger à la connaissance de la langue hébraïque ; l'Université de Paris en particulier, après avoir possédé pendant quelque temps plusieurs maîtres qui enseignaient cette langue, n'avait pas vu diminuer peu à peu leur nombre sans faire de louables efforts pour les retenir et même pour leur trouver des successeurs. Enfin sera-t-il hors de propos, en terminant, de rappeler que le premier auteur qui ait fait imprimer en France une grammaire de la langue hébraïque est un maître de notre Université, François Tissard ?

PARIS, IMP. PAUL DUPONT, RUE DE GRENELLE-SAINT-HONORÉ, 45.

M. Léopold Delisle.

www.ingramcontent.com/pod-product-compliance
Lightning Source LLC
Chambersburg PA
CBHW061423170626

46811CB00005B/2099